神獸獵人 2

小鎮上的大發現

管家琪——文
鄭潔文——圖

目次

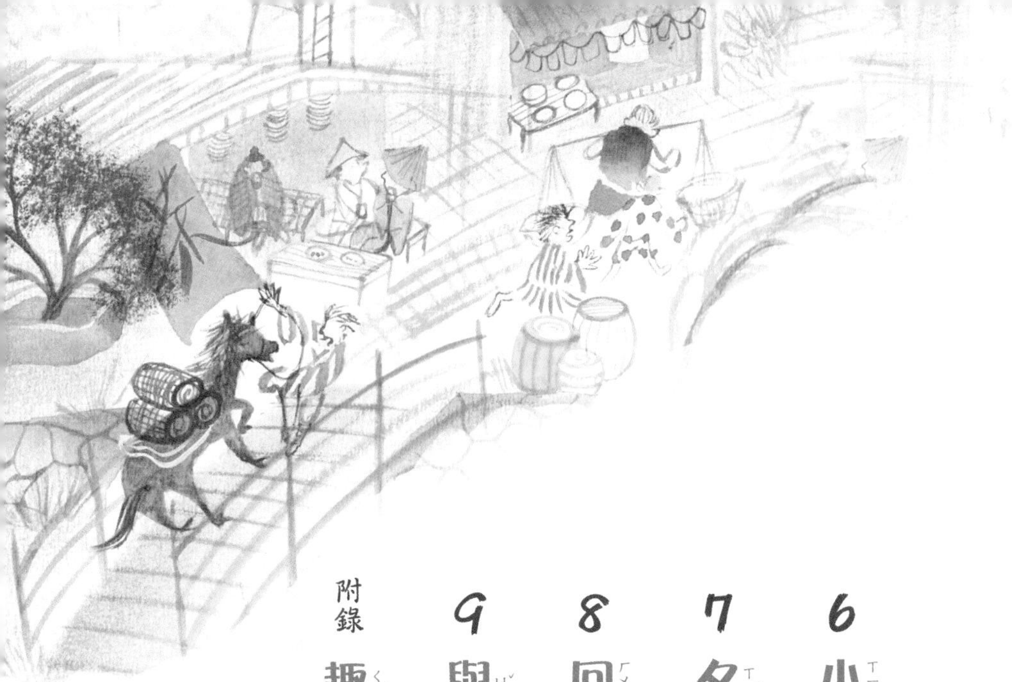

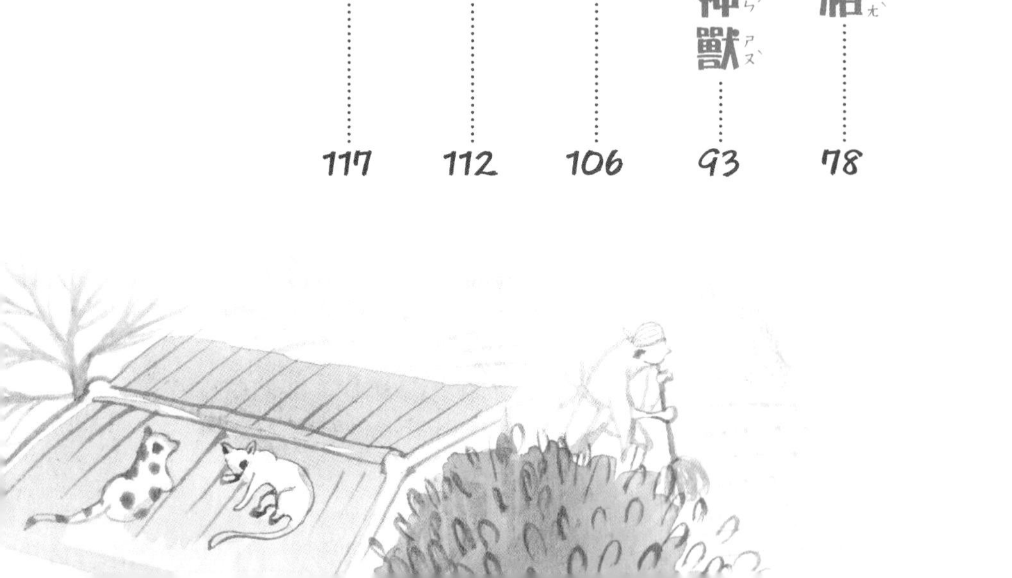

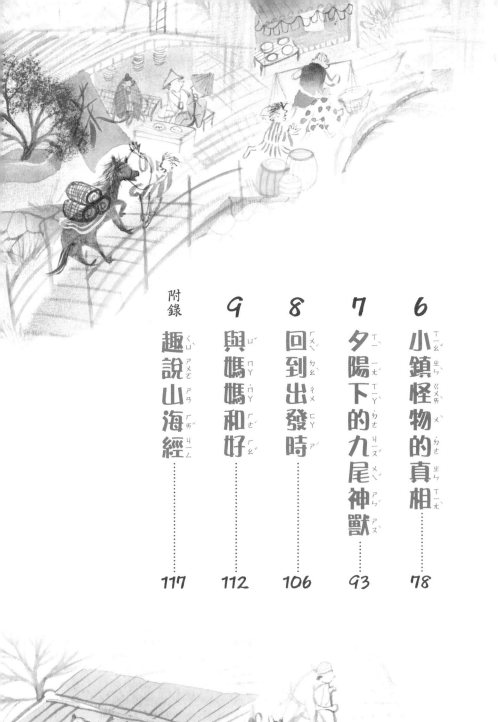

1 令人煩惱的成績

搬到小鎮一個星期後，家裡總算安頓好了，但是媽媽的心情並沒有變得輕鬆，反而更加凝重。

媽媽說不能坐吃山空，她得想辦法開始賺錢，可是她在多年前只做過短暫的文書工作，沒有什麼一技之長；在小鎮這樣的小地方，工作機會本來就又比較少——

「你怎麼會沒有一技之長？你做的飯很好吃啊！而且還很會做手工藝。」高明說。

欣欣跟著附和：「對啊，你可以開餐廳嘛！」

媽媽苦笑著說：「我哪有錢開餐廳。」

高明馬上想到小吃攤。以前的班上，有同學的媽媽就是在夜市擺小吃攤，聽說生意很好。可是他沒敢說，因為媽媽以前總喜歡和朋友喝下午茶，常常待在漂亮的咖啡館裡，他不知道如果建議媽媽擺攤賣小吃，媽媽會不會不高興。而且小吃攤感覺和媽媽好像不太搭——至少他無法想像，媽媽來擺小吃攤，會是什麼樣子。

他不知道該怎麼幫媽媽，只知道自己不應該再開口要求買這買那了。他也提醒欣欣，別再動不動就說想要吃巧克力、瑞士捲、冰淇淋之類的甜點。

「為什麼嘛？」欣欣嘟著小嘴，很不滿意。

「因為我們家現在沒錢了啦，我剛剛講了半天，你都沒在聽啊！」

哎！以前他們雖然並不是多有錢的人家，但經濟上也還算過得去，現在三不五時就聽媽媽講起經濟壓力，讓高明實在是不太習慣。

在學校，高明倒是適應得還不錯。雖然他跟以前一樣，

不是那麼喜歡主動找同學講話、或找同學玩，不過由於他是從大城市來的轉學生，再加上會畫大家都不怎麼認識的神獸，同學們都覺得高明很有才華，對他很是「客氣」。而全班除了他之外，只有十二個同學，高明很快就把同學都認得了，儘管還不太能夠把每個人和他們的姓名完全對上，但無論名字或是臉，都已經漸漸熟悉。

與他交談比較多的，有兩個同學，一個是最早發現他喜歡畫神獸的那個小平頭，名叫曹仁傑；還有那個對神獸比較有了解的女生——臉上有一些小雀斑的林美美。

這天，班上考數學，是他轉學後的第一次考試。

他考了87分，在班上算是中等。

曹仁傑問他：「你媽媽會不會罵你？」

高明說：「應該不會。」

結果，他想錯了。回到家，高明剛把考卷拿出來讓媽媽簽名，媽媽就生氣的批評道：「怎麼考這麼差！」

「還好啊，是中等——」

「中等算是還好？中等算很差啊！」

高明不服氣，「你不是都說中等就可以的嗎？」

「那是以前啊，以前班上的同學人數比較多，競爭比較激烈。所以以前你考中等，我就算了。怎麼現在轉到這裡還是中等！」

他不太明白媽媽的邏輯，「那我以後應該要考怎樣？」

他心想，難道媽媽給他的新標準是前三名？不會吧！

媽媽一聽，更火了，瞪著眼罵道：「這怎麼問我呢？是你念書還是我念書？我可是已經讀過小學了，這又不是我的事！你該自己積極上進一點啊！怎麼還跟我討價還價……」

媽媽一陣轟炸，炸得他七葷八素，簡直招架不住。

媽媽似乎愈罵愈來勁，開始無限上綱，從今天沒有考好，接著罵他沒上進心。這樣還不夠，很快的，居然罵到他不懂事，也不曉得應該給欣欣做個好榜樣，這樣下去兩個小孩將來都沒出息，她怎麼辦……。

欣欣忽然大叫：「媽媽！我好餓，我要吃點心！」

媽媽瞪了她一眼，「吃吃吃！整天只曉得吃！好吃鬼！」

不過，媽媽嘴巴上講歸講，還是轉身往廚房，為欣欣張羅點心去了。

高明趕緊逃回房間。

關上房門，他坐下來，稍微分析一下方才挨罵的一幕，不禁十分懊惱。

真是的！自己怎麼會這麼大意呢？回想一下就知道，媽媽根本是在拿他出氣嘛！剛才一進家門時，媽媽的臉色其實已經陰陰的了，一定是為了什麼事在心煩。他居然還這麼遲鈍，在那個時候把考卷拿出來讓媽媽簽名……。可是不趕快簽的話，很容易會忘記啊！

他愈想愈氣，為什麼媽媽總是這麼喜怒無常，又為什麼總是喜歡找人家出氣呢？

忽然，一個念頭冒了出來——

「叩叩叩！」

就算媽媽會來跟他道歉，根據以往的經驗，也不會這麼快的。門一開，不出所料，是欣欣。她手上端著盤子，上面放著一個飯糰。

「媽媽呢？」

「在廚房。你要不要吃？」欣欣把盤子遞給高明。

「我如果吃掉，你就沒得吃了。你不是肚子餓？」

「還好啦，而且我可以再去拿呀！我看廚房裡還有好多

個喔。」

「媽媽今天幹麼做這麼多飯糰？」

「我也不知道啊。不過，」欣欣認真的說：「哥哥你都沒跟我說謝謝。」

「謝什麼？」

「謝我剛才救你啊。要不是我說肚子餓、想吃東西，搞不好媽媽到現在還在罵你咧！」

「哦！」原來如此。

「你不知道我是故意的啊？你好笨喔！」

欣欣說得讓高明煩躁起來，「好啦好啦，謝了謝了！你快出去吧，我還有事——」

「你不能自己一個人離家出走喔！」

高明的心裡暗暗一驚，「你幹麼這麼說？」

「電影裡都是這麼演的啊，只要小孩被冤枉了、挨罵了，都會離家出走，而且我知道你想去哪裡。」

「沒、沒有啦！你快出去吧，我要趕快寫功課，免得等一下又要挨罵了！」

說著，高明就把欣欣往外推，然後關上房門。

　　哼，我偏要！高明賭氣的想，隨即拿出一張藏在戰車模型下面的「升級版傳送貼紙」，把另外一張屬於欣欣的留在原處。

　　我要自己去天界浪跡天涯，才不要帶一個跟屁蟲！高明心想。懷著緊張又興奮的心情，他小心翼翼的把傳送貼紙貼在額頭上……。

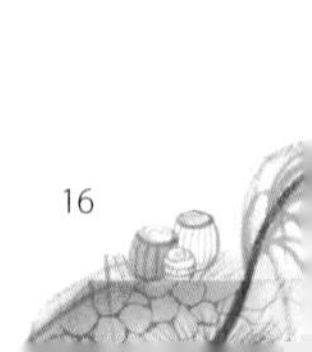

2 天界旅遊初體驗

在還沒看清楚四周環境之前，高明就已聞到一陣異味。

接著他定睛一看，第一眼看到了高高的木頭房梁和屋頂，繼之發現自己躺在乾草堆上。

他坐起來，這才知道自己在馬廄裡。

這裡就是天界？他在天界的馬廄裡？天界的馬廄看起來跟人間的沒什麼不同啊，至少跟他在古裝片和圖畫書裡看到的差不多。

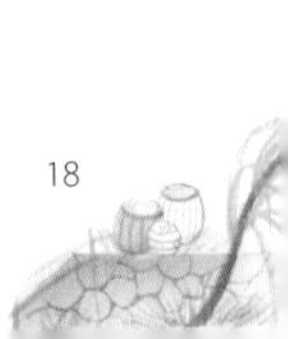

有好幾匹馬正在津津有味的吃草，他猜想那股不好聞的味道應該是馬糞吧。天界的馬看起來也沒什麼不同，居然都沒有翅膀。

他起身拍掉身上的乾草，確認衣服沒有沾上任何髒東西，並把額頭上的貼紙撕下來，放進衣服口袋裡。

嚇，傳送貼紙真不可靠，要是被傳送到豬圈該怎麼辦──如果天界也有豬圈的話。

高明記得上回神獸獵人說過，這種貼紙相當稀有，上頭有他的信息，所以如果高明和欣欣來到天界，他會知道的；

運氣好的話，還會直接傳送到他所在位置的附近。高明在馬廄裡轉了一圈，沒看到神獸獵人，立刻決定要出去找。

馬廄是關著的，門很重，高明費了一點力氣才終於把門推開。

外頭是一條巷子，沒看到任何人。左邊是死路，右邊看起來可以出去，好像還有些人聲。高明心想，那就走吧，先離開這裡再說。他猜想神獸獵人雖然不在馬廄裡，大概也在附近，應該不難找才對。

此刻是大白天，陽光炙熱，感覺像是正午，但是高明沒

帶手錶，無法確定——不對，他想到就算自己戴了手錶，顯示的也不會是這裡的時間。

不管了，還是趕快先走出這條巷子再說吧，高明心想。

他沿著石板路往前走。踩在硬硬的石板路上，像在古代的歐洲。

一走出巷子，映入眼簾的，是熱鬧的市鎮廣場。

他終於看到人了！一眼望去，有好多攤位，五花八門的商品、人聲鼎沸的市集，大家都興高采烈的購物、做生意。天界的人長相看起來與凡人沒什麼不同，差別只在於高明眼

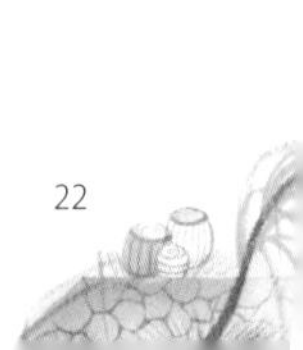

前的人們，都穿著古裝。他也弄不清那是哪個朝代的衣服，只知道是古代的服飾。

他想起當初第一次看到神獸獵人的時候，不就覺得對方的裝扮，像是古代的獵人嗎？當時自己還覺得神獸獵人奇裝異服，現在想想，其實他的服裝在這裡應該是很正常的。

我現在的穿著，會不會才算是奇裝異服呢？高明想著。他仔細觀察了一下，沒看到有其他穿著現代服飾的人。

有人看到他了，還不止一個，但好像都見怪不怪，頂多是多看了高明兩眼，然後就繼續忙著手邊的事。這讓他覺得

有一點意外，不過也無暇再去多想，他現在只想知道該如何找到神獸獵人？

就在高明琢磨著該怎麼打聽時，突然看到一個不可思議的景象——神獸獵人竟然牽著欣欣，從廣場另一頭朝他走來了！

欣欣也看到高明，大老遠就朝他招手，笑得很燦爛。

他趕快跑過去，十分驚訝，「你怎麼也來了？我明明把你的貼紙藏起來了啊。」

欣欣很得意，「我當然猜得到貼紙藏在哪！我一發現你不在，就趕快跟來了。」

高明看看神獸獵人，「那你怎麼這麼快就找到他了？」

「我運氣好呀！」欣欣笑得更得意了。

神獸獵人笑笑，「那時我正在家裡整理東西，閣樓傳來好大一聲聲響的時候，我也嚇了一跳。」

高明覺得很洩氣，「我是被傳送到馬廄裡。」

「我不久前的確是在那裡，大概是我離開不久後，你就來了。」神獸獵人按了一下高明的肩膀說：「你們來，我很高興。現在跟我一起走吧。」

「去哪裡？」高明問。

「去王宮，大王有新任務要交給我。」

天界的王宮一點也不氣派，甚至可以用「寒酸」來形容！以前爸爸媽媽帶他們去國外的影城遊樂園玩過，高明覺得影城裡的王宮，都比眼前這座還要來得豪華壯麗。

不過，他當然沒敢亂說。

進了大廳，神獸獵人要兄妹倆待在這裡等著。他們看著神獸獵人進了一扇大門，大門隨即關上，高明沒機會看清裡面的樣子。

兩人乖乖坐在一張長椅上。大廳很安靜，也沒什麼警衛，完全不像想像中戒備森嚴的王宮。

高明注意到，正對著他們的那位警衛一直盯著他和欣欣看，眼神中充滿了——呃，好像是同情？

高明一頭霧水——媽呀！那人還開始流淚了！

高明忍不住起身走向警衛，只為了確定自己沒有看錯。他好奇的問道：「叔叔，你在哭嗎？」

警衛望著他的眼神裡滿是柔情，輕輕的說：「好可憐的孩子……。」

高明實在不懂警衛叔叔為什麼要這麼說，正想問個清楚，大廳的門打開了。神獸獵人走出來，快步過來跟他們說：「你們來一下，大王想見見你們。」

高明感到非常不可置信，大王應該是超級大人物，在天界裡的大人物，居然可以這麼輕易就見到？

大王以及他身邊幾位像是大臣模樣的人，也都穿著古裝，可似乎是簡化版的服飾；比方說，大王並沒有戴皇帝的冠冕，衣著看起來簡單俐落。事實上，這個大廳的裝潢和擺放的家具也都比較樸素，和大王的裝扮風格很一致。

「過來吧。」大王和善的朝兄妹倆招招手。

大王身邊一位身材矮小，但腦袋比例較大的中年男子說：「很可愛嘛。」

高明對那位中年男子沒有什麼特別的想法，但覺得大王看上去就像是一位普通的老爺爺，不會讓人害怕，反而和藹可親，讓他挺想接近的。

大王微笑著，看看兄妹倆，再看看神獸獵人，「這就是你說的那兩個孩子？」

「是的，」神獸獵人說：「上回在捉燭龍的時候，他們幫了很大的忙。」

有嗎？受到這樣的誇獎，高明覺得很心虛，他不記得自己有幫過什麼忙啊。

大王慈祥的看著高明，「你們是第一次來到這裡吧？」

「是的。」高明立刻回答。他覺得自己是哥哥，應該代

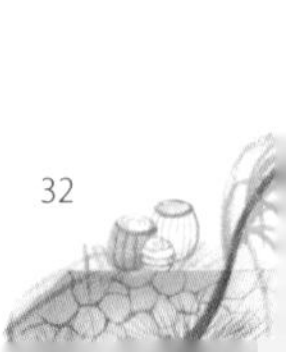

表兩人回答。

中年男子問：「覺得我們這裡怎麼樣？」

高明心想，這人的地位一定很高，才能在大王說話的時候隨便插話。這個問題還真不好回答，高明第一個冒出腦海的想法是「很落後」，但他畢竟已經是六年級的學生了，知道這樣回答會顯得很不禮貌，於是趕緊說：「很古色古香。」

在場的幾位大人一聽，都笑了。

高明覺得有點窘，心想該不會是他們都聽出了自己真實的意思吧？

那個大頭男子繼續追問：「你們喜歡嗎？」

真是一個好難應付的傢伙！高明心想，我們才剛來，怎麼可能談得上喜歡不喜歡，這裡又不是遊樂園！大概只有遊樂園才能讓人在剛進去幾分鐘後，就可以非常肯定的說「喜歡」吧！

幸好，欣欣突然沒頭沒腦的說了一句：「我哥哥本來不想帶我來。」

大王笑了笑，「都是這樣的，大的都不喜歡讓小的跟。不過，從現在開始，你們都要跟好我們的韓隊長，知道嗎？」

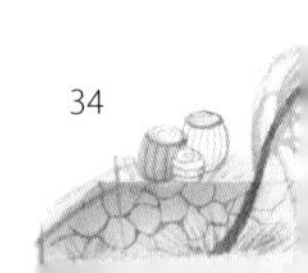

韓隊長？高明看看神獸獵人，心想大王指的一定就是他了。兄妹倆齊聲說好。在這裡人生地不熟的，當然要跟好。

大王又說：「本來這不符合我們這裡的規矩，不過，看在韓隊長捕捉神獸有功，又保證一定會把你們照顧好的情況之下，我就破例一次吧。」

大頭男子還對神獸獵人說：「韓隊長，你可要完全負責喔。要是出了什麼事，可不是我們的責任。」

他的語氣充滿了警告和一種不以為然的意味，感覺挺刺耳，高明聽了不禁有些緊張起來，出事？會出什麼事？

他趕緊摸摸口袋裡的傳送貼紙——還在，頓時感到放心多了；只要貼紙在，遇到危險時就可以隨時傳送、回到人間。

「當然，我會負責的。」神獸獵人說。

大王揮揮手，示意他們可以走了。

一出來，高明馬上問欣欣：「你那張貼紙在哪裡？」

「在這裡呀！」欣欣拍拍自己的裙子口袋。

「要不要我幫你保管？」

「才不要咧！要是等一下你忘了帶我回去怎麼辦？我要自己保管。」

「不會啦——」

高明還想要說服欣欣，神獸獵人卻說：「就讓你妹妹自己保管吧。」

既然神獸獵人都這麼說了，「好吧，可是你要小心喔！」

高明說著，轉頭問神獸獵人：「只要我們想回去，隨時都可以回去，對吧？」

「對，」神獸獵人微笑著說，「保證是非常安全的『離家出走』。」

高明一聽，很是尷尬——神獸獵人怎麼也用了「離家出走」這個說法呀！

3 接獲新任務

在經過剛才的等候廳時，高明偷偷瞄了一眼那位奇怪的警衛。哇，警衛叔叔現在看起來更悲傷了！竟然淚流滿面。神獸獵人也注意到了，還特意走過去安慰：「老兄，振作一點，別難過了。」

從王宮出來以後，高明好奇的問：「那個警衛叔叔怎麼啦？他剛才還跟我說『好可憐』。」

「說誰可憐？」

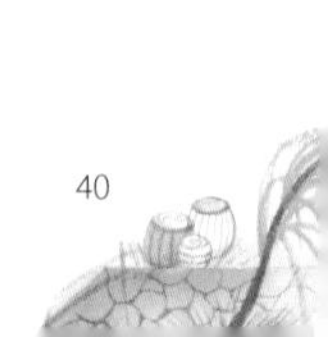

高明想了一下，「他的意思，好像是說我很可憐，或者我們很可憐。」

神獸獵人說：「他大概是想起自己的孩子了。」

想起自己的孩子，為什麼要說我們可憐啊？高明正想再問，可是被欣欣給打斷了。

「叔叔，你姓韓啊？你叫韓什麼？」欣欣問。

「韓天，天空的天。」

「啊，是『天』！我喜歡這個字，我爸爸的名字裡也有一個『天』。」

欣欣繼續說：「韓叔叔，我叫高欣，欣欣向榮的欣。我哥哥叫高明，明天的明，我們都叫他『小明』。」

「喂！你很囉嗦耶！」高明一直覺得不公平，他們兄妹倆都是單名，可爸爸媽媽偏偏叫他「小明」，叫妹妹「欣欣」，都不叫她「小欣」；要不然「小欣」跟「小心」同音，那也很好笑啊。

「高欣和高明，我記住了。」神獸獵人說：「別叫我叔叔，以後就叫我韓天吧。」

「這樣可以嗎？」高明問，總覺得連名帶姓的叫長輩，

不太有禮貌。

「沒關係的，就叫我韓天。」

「好吧，韓天——你是什麼隊長呀？」高明問。

「侍衛隊。」

「是負責保護大王的？」

「本來是，不過我的工作最近有一點調整，大王讓我去執行一些特別的任務，因為皇家神獸園出了問題，很多神獸都跑掉了，聽說有的還跑到了人間——」

「我知道！」欣欣搶著說：「其中一隻就是燭龍，對不對？就是你上次捉到的那隻？」

「對。」

高明不想讓欣欣專美於前，趕緊接著說：「那現在，大王一定是要派你去捕捉其他逃跑到人間的神獸？」

高明心裡得意洋洋的想，肯定是這樣，錯不了的。

然而，韓天卻說：「不是，今天大王派我去一個地方調查，懷疑在那裡出現了一隻神獸。凡是從神獸園跑掉的神獸，我們都要盡快通通捉回來。」

韓天告訴兄妹倆，他奉令要去調查的神獸名叫「猼

訑」，同時也被很多人視為怪獸。他的外型像羊，頭上長角，有四隻耳朵、九條尾巴，眼睛長在背上。據說只要把猼訑的皮披在身上，就會無所畏懼。

事情是這樣的，最近王宮接到來自東邊、一個叫做安寧鎮的地方報告，說該鎮向來和諧的南莊和北莊，近期發生了好幾起鬥毆事件，挑起事端的還都是南莊的村民。不知道是怎麼回事，原本性情溫和的南莊村民，像是得了古怪的傳染病，在短短的時間內，一個個都變得好勇鬥狠，令附近的居民過著提心吊膽的日子。隔幾天又有村民稟報，在鄰近南莊的山上，見到一隻有九條尾巴的怪獸，因此大家懷疑是猼訑出沒，蠱惑了南莊村民，讓他們膽大包天、不知畏懼，希望大王下令封鎖南莊，暫時不讓北莊村民進入，這樣才便於照料南莊百姓，同時也利於進行澈底的清查，看看是不是有南莊村民偷偷在繁殖猼訑。

高明很驚訝，「神獸還可以繁殖啊？」

「是啊，這就是當初皇家神獸園成立的目的。雖然不容易，但目前看來，或多或少可以起到保護神獸的作用。」

高明有一點懂了，「是不是就像我們保護瀕臨絕種的動

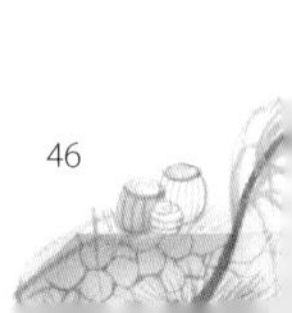

物一樣？」

「差不多，不過保護神獸更多是出於文化上的因素，畢竟這些神獸都是源自於文化上的產物。而且神獸多半是亦正亦邪，把他們集中起來，再用心照顧，比較能夠激發他們正面的特質。如果讓他們到處亂跑，難保不會受到影響，而激發出不好的一面。」

「可是，」高明大感意外，「這裡不是天界嗎？我還以為天界只有好人！」

神獸獵人問：「你覺得什麼是天界？」

「我知道！」欣欣說：「就是天堂，對不對？媽媽說爸爸就是上天堂了——」

欣欣講到一半，不由得停了下來，一臉狐疑的和高明互望。此刻兄妹倆同時想到一個問題：如果他們現在所處的「天界」就是天堂，那豈不表示這裡的人都已經……。

韓天似乎完全明白他們的心思，淡淡的說：「不用害怕，這都是大家所想像出來的。」

「只不過這個『大家』裡，有好人也有壞人？所以如果神獸接近了壞人，就會變得比較壞？」高明問。

「大概就是這樣，不過——」韓天說：「你也不小了，應該知道人是複雜的，經常很難用二分法『好人、壞人』這樣的概念來區分。」

「哇！」欣欣忽然大哭，打斷了韓天的話。

「哎！你怎麼了啦？」高明說：「總是突然來這麼一下，要嚇死人啊！」

「我想爸爸啊，如果這裡是天堂，我想去找爸爸！」欣欣哭得好傷心。

高明心想，這裡這麼大，怎麼找哇！

韓天似乎很了解欣欣的難過，雖然他看起來不知道該說些什麼才好——總不能對一個小女孩也說「老兄，振作一點」吧——但韓天還是馬上蹲下，拍拍她的背，給予安慰。

如果這裡是天堂，高明想著，終於明白為什麼剛才王宮裡，那位警衛叔叔會說他們好可憐，一定是警衛叔叔不知道他和欣欣是用傳送貼紙過來的，所以以為他們也「掛了」。

高明記得韓天還說，警衛叔叔可能是想起了自己的孩子，那就是說——「好可憐喔！」高明想著。

4 騎馬出王城

韓天住在王宮的宿舍裡，他們回到宿舍後，韓天手腳麻利的迅速收拾好一個背包。

「上次我好像沒看到你背背包？」高明問。

韓天說：「那是因為上次我沒有帶著你們啊。」

兄妹倆這才明白，原來韓天剛才裝進背包裡的東西，都是為了他們倆而準備的。

韓天還拿了兩套衣服，要高明和欣欣換上，說要不然他們倆的穿著，在天界會顯得太突兀。

兄妹倆都很驚訝韓天居然會有小孩子的衣服，韓天解釋說，上回送了傳送貼紙給他們之後，他就回來準備好了。換上衣服後，兄妹倆看起來就像是生活在古代的小孩。

他們即刻出發，先出了王宮，再去高明之前被傳送到的馬廄牽馬，然後從東邊的城門出城。

三人騎著兩匹馬，一大一小。馬兒的身體都是深栗色，鬃毛是如彩虹般繽紛的顏色，馬蹄則接近黑色。

韓天讓欣欣側坐在自己前面，共騎一匹馬，就像爸爸騎

腳踏車載著欣欣那樣，高明則單獨騎著一匹小馬。

哇！騎馬耶！高明興奮得簡直要昏倒了。之前他只有在遊樂園、觀光農場等地方，騎過一小會兒的小馬，而且當時那些小馬都一步一步慢慢走、或是慢吞吞的繞圈子，好像很沒精神、一副疲憊不堪的樣子。那幾次的體驗，讓高明覺得他只是坐在活的旋轉木馬上。但是現在就不一樣了，嚇！瞧他騎得多好哇！

這時，韓天大聲的說：「放心吧，都設定好了，這匹馬很乖、很聽話的。」

什麼？是「設定」好的？而且這匹小馬很乖？

「怎麼？你不高興嗎？」韓天大聲問。

高明趕緊回答：「沒有啊！我很好！」隨即也在心裡告訴自己，別太挑剔了！難道還要騎不聽話的小馬不成？再說，不用想也知道，當然都是「設定」好的嘛，否則他又沒學過騎馬，怎麼可能一騎就騎得這麼有模有樣？

這麼一想，他立刻又高興起來，想像自己是古代厲害的俠士，正威風凜凜的策馬前進，要去完成重要的任務……。

即使馬兒很乖，即使韓天已經「設定」好了，但是才騎不到一個小時，高明就吃不消了。

「韓天，韓天！停一下！我要休息！」高明顧不了形象，直接大嚷：「我的屁股好痛！」

欣欣一聽，立刻哈哈大笑。

高明面紅耳赤，心想，真是幼稚的小鬼，只要一聽到「屁股」有關的詞，就笑得好樂，真搞不懂這有什麼好笑的。

韓天沒有笑他，而是趕快拉住韁繩，「好！那我們休息一下。其實我也想等到了前面那個山坡，就要停下來的。」

啊！這麼不巧！高明頓時非常後悔，早知道自己再忍

忍，就不會顯得是自己不行了。

「那我們到前面那個山坡再休息。」高明說。

「你可以嗎？不必勉強——」

「我可以。」高明咬著牙說。

欣欣還在那兒嘻嘻哈哈：「哥哥屁股痛，哥哥屁股痛！」

高明沒好氣的說：「你自己來試試看啊！」

「好，那我們走吧，」韓天說：「反正我們今天晚上也要在山坡紮營，乾脆一鼓作氣到了那裡再下馬，否則你現在下來了也是不舒服，待會兒要上馬的時候還會更痛苦。」

於是，高明便卯足全力，跟著又騎了一會兒，終於抵達韓天所說的山坡。

當高明一下馬——是被韓天扶著下來的——媽呀！他感覺自己的兩條腿，好像永遠都併不攏了！原來電影裡那些騎馬的畫面真是不簡單，想要當俠士果然不容易啊！

「你還好吧？」韓天問。

「哥哥屁股痛，哥哥屁股痛！」欣欣還在嘮嘮叨叨。

韓天說：「好啦，別說了，你哥哥已經很厲害了。」

高明也說：「對啊！你又不用騎，還是側坐，都不知道這有多難！」

「我的腰也很痠啊。」說著，欣欣揉揉自己的腰部，還做了幾個伸展動作。

韓天說：「萬事起頭難，你們都表現得不錯。今天晚上睡飽一點，明天就會更熟練了。」

「我們這是到哪裡了？」高明看看四周，盡是一望無際的綠色，像是在一片綠色的海洋。

「我們出了王城以後，一路向東，如果順利的話，再過兩天就可以到安寧鎮了。」

「可是，我們離開王城以後，很快就沒看到什麼路了，連鄉間小路都沒有，你是怎麼確定方向沒錯的？」

韓天指指天上，輕鬆的說：「看太陽啊。當然，每隔一段時間還是要把地圖拿出來確認一下。」說著，他掏出一卷卷軸。

兄妹倆都看過這卷卷軸，它其實是一張動態地圖，上回在捕捉燭龍時，韓天曾拿出過一次。

「你們看，左邊這是王城，右邊這個記號是目的地：安寧鎮，這條細細的黑線是我們走過的路；在我們不斷前進的同時，這個地圖隨時記錄著我們移動的軌跡，如此一來，一旦偏離了目標，很快就能發現。」

高明完全理解，「我懂，跟打電動遊戲一樣。」

欣欣也懂了，「也像手機導航一樣，對不對？」

韓天想了一下，微笑著說：「沒錯，你們講的都對。」

接著把地圖重新捲起來。

高明說：「咦？我們剛講的電動遊戲啊、手機導航啊，你好像都知道？」

韓天和我們好像沒有年代上的差距耶！高明暗暗推估，那麼他來到天界應該不會是很久以前的事。

「當然知道，我也見過這些東西。」韓天回答。

「真的？那你知道『超級瓦工之環遊世界』嗎？還有『考古學家之斯巴達情仇』、『太空見證人16』、『神祕化學工廠22』、『矛盾的邪神5』？」高明隨即報上一大堆熱門的電動遊戲。

「我知道。」韓天微笑道。

「真的？你知道？」高明十分驚喜。

「當然知道，而且其中好幾個，在我那個時代就已經是很有名的遊戲了。」

「可是很多大人都不知道，也不關心。」

「可能他們太忙，沒時間了解吧。」

高明一聽，就沒興趣再繼續這個話題了。用肚臍眼想也知道，再講下去，結論一定會是「大人也不容易」之類。

5 天界的露營法寶

他決定放棄這個話題，注意力又回到卷軸地圖上，「說真的，從地圖的外觀，真看不出原來是高科技產品，因為卷軸給人的感覺都是古代的東西——啊！我忽然明白，為什麼從我一來到這裡，就覺得有點怪怪的了！」

「怪怪的？哪裡怪怪的？」

「因為上回，我明明看過這卷卷軸地圖，也體驗過時空凍結，感覺上你應該來自一個超科幻、超先進的世界。雖然

你的裝扮看起來像古代的獵人，可是我以為那只是你……」

高明正在考慮該如何措辭，韓天幫忙說：「奇裝異服？」

「差不多吧。」高明說：「所以我一來到這裡，看到這裡到處都是這麼的……」

他又停下來，不知道該怎麼說才比較好。韓天再度幫忙，「落後？」

「呃，古色古香。」高明還是寧可用這個詞，「這裡居然這麼像古代，我真的很意外。」

「現在你知道了，這只是外表。」

欣欣說：「我今天到的那個閣樓倒是滿現代的，不過也不是現在的房子，比現在要早一點，但反正不是古代。」

高明知道欣欣對「古代」的定義，應該是指「古裝人生活的地方」，所以他琢磨著欣欣的意思，大概是指爸爸媽媽小時候的年代吧；他們看過不少爸爸媽媽兒時的照片，就是那種「不是古代，但是又比現在要久遠」的感覺。

不過，這麼特別的資訊——

「你怎麼現在才說啊？」高明問。

欣欣回答：「你又沒問。」

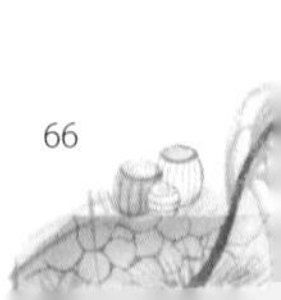

韓天說：「欣欣一到，我們就趕快去找你，接著不是一起去王宮了嗎？沒什麼時間說這些。」

講到王宮，高明又想起一件事，「那個矮矮的、頭大大的人，是大臣嗎？」

「是啊，他是內政大臣，是大王最得力的左右手。」

欣欣好奇的問：「那他算左手還是右手？」

「這個嘛——」韓天說：「『得力的左右手』是一個比喻，形容很重要的人，就是『得力助手』的意思。」

高明說：「我知道了，在古代就是宰相對不對？『一人之下，萬人之上』。」

「差不多吧。」韓天說：「我們先別討論這些了，先來搭帳篷吧！然後再吃晚飯。」

兄妹倆一聽，高興得差點就要蹦跳起來！因為聽起來就像是露營呀！

以前爸爸總說要帶他們去露營，還說他有多會搭帳篷、多會生火、多會烤肉，可惜爸爸總是那麼忙，都說了至少一百萬遍了，最終還是沒有帶他們露營過。所以他們也不知道爸爸究竟是不是露營高手，或者只是在吹牛。

而韓天——好像也很難判斷他在露營這方面的功夫如何，因為他有好用的道具啊。

韓天把三根登山棍插在地上，分別「唰」的一下，將伸縮的棍子拉得頗高，立刻就成了三根牢固的支柱；接著再拿出一塊折得像豆腐乾的塑膠布，慢慢打開；這塊塑膠布竟然像永遠也打開不完似的，韓天就這麼一直翻、一直翻，最後居然變成一塊好大的塑膠布。

韓天把這塊布直接蓋在那三根登山棍形成的支架上，頓時就成了一個三角形的帳篷，然後再用一些小磁鐵固定住，最後在塑膠布上放一些發光石。

發光石也是兄妹倆上回在學校後山捉燭龍的時候，見過的天界「法寶」。

「沒人規定帳篷非得要什麼形狀，對吧？」韓天說。

確實如此。儘管這個幾分鐘就架好的帳篷，外觀跟兄妹倆的想像不太一樣，不過當他們鑽進去一看，發現裡面的空間比外表看起來的要大上許多時，也就非常滿意了。

至於食物——就實在是不敢恭維了，韓天準備的只有乾糧，很乾很乾的乾糧。高明和欣欣原本還以為，既然是在天

界，哪怕是在荒郊野外，也可以輕鬆吃到山珍海味才是呀！

入夜之後，這裡看起來與人間的夜晚大不相同，不僅星光燦爛，燦爛到簡直不像是真的，月亮也像是訂做的，又大又圓，看起來有一種特殊的奇幻感，天空則是非常均勻的粉紫色。

兄妹倆都覺得粉紫色的天空配上一閃一閃的星星很好看，看了好久好久、看得眼睛都快花了，才心滿意足的鑽進帳篷，去睡大覺。

在這麼美的星空下，兄妹倆幾乎都已經忘了神獸和怪獸的存在。

但是韓天沒有忘。夜半時分，高明曾經醒過一次，在睡眼矇矓中，透過帳篷的縫隙看到韓天還待在營火旁。他猜想韓天應該是在守夜，感到十分的安心，很快又沉沉睡去。

隔天一早，高明一睜開眼睛就想到一個奇怪之處，馬上問韓天：「昨天晚上你是不是在守夜？」

「是啊，你看到啦？」儘管夜裡沒怎麼休息，韓天看起來還是神采奕奕。

「可是你都沒有拿武器呀！」這就是令高明困惑的地方，「如果有神獸或是怪獸跑來了，要怎麼辦？」

韓天笑笑，指指自己繫在腰間的繩索，「我有這個啊。」

哦！這個繩索高明認得，在捕捉燭龍的時候見過，有奇妙的伸縮功能，還可以變出好幾個「分身」，用來做陷阱。

「我還以為你是神獸獵人呢！」高明有點失望，總覺得如果不像打電動遊戲那樣，跟神獸打來打去、殺來殺去，似乎太沒勁了。

「也沒錯，但是『獵』這個字，本身並沒有『殺』的意

思啊。只是要捕捉禽獸而已，所以才會有『打獵』、『獵捕』這樣的詞。我是負責把從皇家神獸園跑掉的神獸，盡快通通捉回去而已，不是要『獵殺』他們。」

「跑掉多少隻啊？」

「不少。」

「那你一個人可以嗎？捉得完嗎？」

「我確實有在申請幫手，可是顧大臣有他的考量，所以我暫時還是得單打獨鬥。」

「顧大臣？」高明立刻猜到，「就是那個矮矮的、頭大大的人，對不對？」

「對，他想低調處理這件事——」

「你們在說什麼？」欣欣也起來了，睡眼惺忪，還打著呵欠。

「沒什麼，我們在等你。」韓天把早餐遞給兄妹倆，一人一個好大的菠蘿麵包。

兄妹倆都喜出望外，驚叫連連，「哇！好棒喔！這是我們最愛吃的東西，你怎麼知道？」

「只是碰巧，你們喜歡就太好了。趕快吃完，我們就得

上路了，還有將近三分之二的路程呢！」說著，韓天又分別給了兄妹倆一杯牛奶。

6 小鎮怪物的真相

經過兩天的奔波，他們終於來到了安寧鎮。

安寧鎮的南莊和北莊隔著一條河，南莊後面緊鄰著一大片茂密的樹林，地形高高低低很有變化，還有幾座山峰，北莊的地勢則比較平坦。

因為行政中心設在北莊，所以一到安寧鎮，韓天就帶著高明和欣欣直接去了北莊。

安寧鎮鎮長姓何，看上去和顧大臣年紀相仿，得知王庭

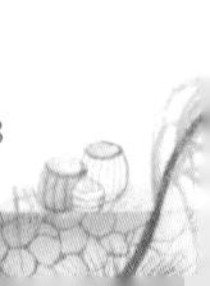

來了欽差大人，非常吃驚，得到通報之後立刻慌慌張張、用最快的速度跑出來迎接。

「哎呀呀呀！不得了不得了！怎麼——我沒想到——歡迎歡迎！歡迎駕到！」何鎮長緊張得有些語無倫次。

韓天客氣的說：「突然就來了，來不及通知，真是不好意思！」

「哪裡哪裡！您太客氣了！」何鎮長看看高明和高欣，「請問這兩位是……？」

「是我的助手。」

何鎮長十分意外，他還以為是欽差大人的孩子咧！

「這麼小就能做您的助手，真不簡單！肯定都是神童！」

韓天說：「我們就趕快開始吧？我想先看看報告。」

「報告？」

「您不是說，有人目擊在南莊山上看到了九條尾巴的怪物？應該有做紀錄吧？」

「啊！對對對，有的有的！當然有當然有！」

何鎮長趕緊把貴客帶到辦公室，並且命人把報告拿來。

韓天很仔細的閱讀報告。

看完以後，他開口就說：「這個報告不對呀！」

何鎮長嚇了一大跳，「哪、哪裡不對？」

「為什麼根據這個報告，您就認為那個怪物是猼訑？我覺得證據不足啊！」

「這……這……」何鎮長結結巴巴，「這很明顯啊，因為這個怪物有九條尾巴——啊，對了！」

何鎮長突然精神一振，「因為我們這裡多年前出現過猼訑，後來被捉起來，送到皇家神獸園去了。這個我們都有檔案留存，請您等一下。」

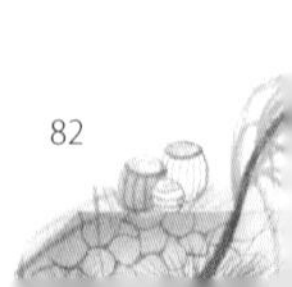

高明在一旁聽完，心想，這就難怪了，原來以前這裡出現過猼訑。

但是韓天看完檔案以後，反而對何鎮長說：「既然如此，那這一次就更不應該搞錯了。」

什麼？搞錯？高明心想，韓天的意思是不是說，有九條尾巴的怪物不止猼訑一個？他是如何這麼快就知道的呢？

萬萬沒有想到，韓天居然宣布：「這麼簡單的問題，連我的小助手都可以告訴你。」

說著，就把手中的檔案遞給高明，說：「來，你把報告看一下。」

欣欣嚷著：「我也要！我也要做你的左右手！」

韓天笑笑，「今天先讓你哥哥看吧，畢竟你還不認得幾個大字啊。」

欣欣想想也是，但還是湊到高明身邊，一副好奇又很想要幫忙的樣子。

高明的心裡可是相當緊張，生怕「神童」當不了幾分鐘，就要「破功」。

報告中關於這個怪物的部分非常簡略，幾乎什麼都沒提，只寫說有人看到怪物有九條尾巴。

既然資料這麼少，他要怎麼判斷和指出報告中的問題？

媽呀！高明開始心跳加速。

這時，韓天說：「不要緊張，還記得我跟你們說過，獏訑長得像什麼？」

高明想起來了，欣欣也想起來了，兄妹倆異口同聲：「羊！」

既然獏訑長得像羊，那麼——

高明說：「報告裡沒有寫到怪物的頭上有角，但這應該是一個很明顯的特徵才對。」

說完以後，高明緊張的盯著韓天，直到看見韓天臉上浮現出笑容，才放下心來，知道自己說對了，總算沒有漏氣！

果然，韓天轉頭對鎮長說：「您看，我就說吧，這麼明顯的疏失，連孩子也能看出來。」

「呃，可能是……可能是做筆錄的時候不夠仔細，對不起！」何鎮長連連致歉。

「那現在請目擊者過來吧，我想親自問問，」韓天又看了一眼報告上的目擊者名字，「何友彬，跟鎮長您同姓，這

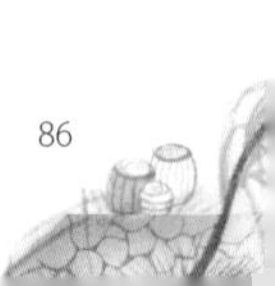

麼巧！」

「呃，是我的小犬。」鎮長額頭冒汗，看著有些狼狽。

很快的，一個長相斯文的年輕人走了進來。

韓天問：「你就是何友彬？是你在南莊山上看到了九尾怪物嗎？」

「是的，不過我沒覺得他是怪物。」

真是語出驚人。高明看看何鎮長，發現他的臉都快漲成豬肝色了。高明覺得很疑惑，這是為什麼？

「哦？那請你說說看——」

韓天才剛剛發問，高明就忍不住插嘴：「他長得像一隻羊嗎？」

「一隻羊？不不不，一點也不像羊。他像狐狸，我覺得是一隻白色的狐狸。」

韓天一聽，立刻追問：「你是說，你看到了一隻九條尾巴的狐狸？」

「是啊，」何友彬頓了一下，情不自禁的說：「真的好美啊！當時正好是黃昏，我們看到那隻狐狸出現在山頂時，他的身後剛好是一片彩霞。啊！那個畫面啊，真是說有多美，就有多美！」

瞧這個小伙子，一臉讚嘆和神往的樣子，好像整個魂都已經飛回到那天黃昏，旁人即使沒有親眼目睹，也都要被他強烈的情緒給感染啦。

「等等，『我們』？」韓天問道：「當時你不是一個人，還有另外一位目擊者嗎？」

何友彬偷看一眼父親，「是啊。」

而何鎮長呢？他正怒氣沖沖的瞪著兒子，看上去好像快要爆炸了。

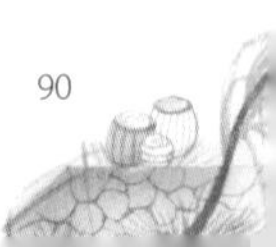

原來，何友彬最近戀愛啦！對象是南莊的姑娘，兩人已經到了論及婚嫁的程度。年輕人談戀愛，這原本也不是什麼壞事，可是，那位姑娘是獨生女，何友彬是獨生子；姑娘希望婚後小倆口能安頓在南莊，好就近陪伴父母，何友彬也願意配合計畫、滿足她的心願，這令何鎮長感到非常不滿，於是想趁機拆散兩人。

高明恍然大悟，怪不得何鎮長在提交到王庭的報告中，特別要求暫時封鎖南莊，不讓北莊居民進入，原來只是想要阻止自己的兒子再往南莊跑罷了。

韓天說，大概也是因為多年前，安寧鎮確實出現過猼訑，而有人私下試圖繁殖神獸的事，也早在天界流傳，綜合這兩方面的背景，正巧給了何鎮長一個機會。他不是不知道，兒子那天看到的應該是九尾狐，卻偏偏只在報告中著重「九條尾巴」這一點，又派人故意放出假消息，想要製造猼訑再度出現的假象。

至於他在報告中說，向來溫和的南莊居民，近期一個個都變得好勇鬥狠云云，後來經過韓天的調查，證實純粹是憑空捏造。

7 夕陽下的九尾神獸

這天午後，他們一離開行政中心，立刻趕往南莊。

九尾狐也是不久前眾多從皇家神獸園跑掉的神獸之一。原本是來調查猼訑，現在卻意外得知九尾狐的下落，可真是令韓天喜出望外。

韓天高興的對高明和欣欣說：「你們真是我的福星！」

剛到南莊不久，他們立刻感受到村莊喜氣洋洋的氣氛。原來是有一戶人家正興高采烈的張燈結綵，籌辦婚禮。再一打聽，這已經是最近這段時間以來，南莊的第五場婚禮了。

一位老人家說：「這些年輕人不知道吃錯了什麼藥，忽然個個都腦門發熱，一天到晚只想著要談戀愛、要結婚。」

根據這位老人家所言，韓天告訴高明和欣欣，錯不了，九尾狐最近一定在這裡活動過，因為九尾狐出現，既是國家昌盛之兆，也是婚姻愛情之兆。也許這些年輕人正是受到九尾狐的影響，才會陷入熱戀、被愛沖昏頭。如果猼訑現身，則會讓人受到感染，變得不知畏懼。

他們說到一半，這天要娶媳婦的人家，聽說王城的欽差大人駕到，急急忙忙趕來邀請韓天參與婚宴，說將會是他們兩家天大的榮幸。

「好啊，那我就恭敬不如從命了。」韓天說。

一看韓天大方受邀，高明可急死了，趕緊拉拉韓天，附耳道：「別去啊，大人吃飯是最無聊的。」

韓天笑笑，小聲回答：「我是想要多多打聽關於九尾狐的消息。」

入場後，剛坐下不久，一個胖嘟嘟的小女孩跑來找欣欣，說想要帶欣欣去外面玩。欣欣很想去，韓天便要高明跟著一塊兒去，叮嚀他要看好欣欣。

可是，要看好一個六歲的小孩實在好難啊。高明跟著兩個小女孩像是漫無目標的東奔西跑，很快就覺得膩了，注意力在不知不覺中變得渙散，開始觀察一些從沒見過的花花草草，心想，這些就是傳說中的仙花、仙草嗎？在草叢裡會不會有神話中的蟲子呢？

不知道過了多久……。

「高明，高明！」

高明回過神，看到韓天正朝他走過來。

「欣欣呢？」韓天問。

欣欣？高明四處一望，這才猛然清醒，糟了！欣欣呢？欣欣怎麼不見了？

「她剛才還在這裡的！」高明著急的說：「我本來還在她們附近！」

「別慌，你有沒有注意她們是朝哪裡去了？」

「這——沒——。」

高明慚愧極了，也懊惱極了，他連欣欣是什麼時候離開自己的視線都不知道。

韓天觀察四周，看到這裡有三條小路。一條是他們來時所走過的路，另外兩條路則分別往上和往下。

「我想她們沒有往回走，那樣會經過你，你應該就會注意到。」韓天說。

高明心想，對啊，就算自己剛才看一隻長相奇特的蟲子，看得太專心，但如果欣欣她們從身邊經過，應該還是會發覺的。

韓天朝前走了幾步，蹲下來查看地面。

「要不要我們一人走一條路去找？」高明問。

「不用，我想她們一定是往上走。」

「為什麼？」

「這裡好像有些足跡，而且向下是通往田野，向上是比較危險的山路。在沒有大人盯著的時候，小孩總會想要自己冒險一下，我想那個小女孩既然是本地人，對這裡的地形一定很熟悉，應該會帶欣欣往山上走，不過這也就表示——」

韓天忽然神情一變，「她們是往東方去了！我們要快！」

「怎麼了？」高明緊緊跟在韓天後頭，心裡充滿著緊張和惶恐。

韓天匆匆解釋，「我剛剛聽好幾位長老說，山上有一個時空漩渦，怪不得上回燭龍能夠跑到人間去！」

「啊！那如果欣欣掉進去，就會自己回家了？」

「那也就罷了，問題是誰知道她會被送到哪裡去！」

高明頓時心亂如麻，這可怎麼辦？

幸好，在接近山頂的時候，他們找到欣欣和小女孩了！

幾乎就在同時，她們也看到了韓天和高明。

兩個小女孩正躲在一塊巨石下，紛紛用手勢要他們保持安靜，然後一臉興奮的要他們往山頂看。啊！一隻白色的九尾狐正站在山頂上！他眺望著遠方，似乎若有所思。此時正是黃昏，彩霞滿天，九尾狐真的好美啊！高明看得兩眼發直。

韓天取下腰間的繩索，慢慢朝九尾狐接近。九尾狐發現了韓天，於是一步一步的退後——

「跟我回去吧！」韓天向九尾狐喊話。可九尾狐還在繼續往後退。

「他不想回去。」欣欣說。高明當然也注意到了這一點。

三個孩子就這麼屏氣凝神的看著，愈來愈緊張，因為一直在慢慢後退的九尾狐，就快逼近山崖了！

眼看九尾狐要掉下去的瞬間，韓天終於出手。

他拋出繩索，精準的套住了九尾狐，九尾狐頓時發出又像嬰兒、又像貓叫的聲音，拼命想要掙脫，然而只是讓繩索愈收愈緊。

8 回到出發時

韓天在九尾狐的身上貼上傳送貼紙，把九尾狐傳送回皇家神獸園。

任務完成，韓天說：「你們出來太久了，趕快把衣服換好，準備回家吧！」

韓天又問欣欣：「那天你從家裡出發的時候，有沒有注意到時間？」

「時間啊……？」欣欣很茫然。感覺那好像是很久以前

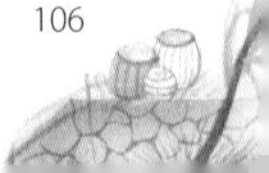

的事啦！

高明說：「我記得我出發時，好像是下午四點多。」

韓天說：「但你們現在是要一起回去，就不能回到你出發的時間，必須回到欣欣出發的時間。」

「為什麼——哦！」高明話剛出口，就明白了。

對啊，如果是回到自己出發的時間，那在當天下午四點多的時候，家裡不就會有兩個欣欣？一個是剛剛和他一起從天界回來的欣欣，另外一個是——

高明說：「我想起來了！欣欣，我出發的時候，你應該是在廚房裡吃飯糰。」

「啊！我也想起來了！」欣欣說：「當時你一把我趕出來，媽媽就教我去廚房拿一個飯糰給你吃。我一開門，發現你不在，再一翻你的坦克，看到貼紙少了一張，就知道你跑到這裡來了，所以趕快跟來。我的動作很快吧！」欣欣說得洋洋得意。

韓天一臉困惑，「坦克？」

「我哥哥有一個寶貝坦克模型——」

高明糾正道：「其實那不是坦克，是四號突擊炮，它沒有獨立的炮塔，更像是在炮臺裝上輪子，而不是在車子上裝上炮臺，和坦克是不同類型的戰車——」

「哎呀！差不多嘛！我覺得長得就像坦克。總之，我哥哥曾經把一張考卷藏在下面，他把傳送貼紙也藏在坦克下面，還以為我猜不到！」欣欣看起來更得意了。

高明瞪著欣欣，「喂！你真的很煩耶！囉嗦一大堆，當時到底是幾點啦！」

「幾點啊？我想一想……。」欣欣認真的想了一會兒，終於想起一條重要的線索，高興的大嚷：「啊！我想起來了！我去敲你房門的時候，客廳的咕咕鐘正在叫！」

在搬家的時候，那個咕咕鐘因為已經舊了，修過兩次，花了不少錢，差一點要被淘汰，幸好最後還是帶來了。如果當時咕咕鐘正在叫，那一定是下午五點！

分別之前，韓天送給兄妹倆更多的傳送貼紙，十分誠懇的說：「歡迎你們再來！我得繼續去調查那個時空漩渦，看看是不是確有其事。」

他也提醒兄妹倆，下回最好還是兩個人一起出發。

9 與媽媽和好

兄妹倆瞬間回到了高明的房間。媽媽剛好來敲門，進來一看，奇怪的問：「你們兩個呆坐在這裡幹麼？」

呆坐？高明和欣欣互望一眼，兩人很有默契的笑了，同時都想著，我們才不是呆坐在這裡，我們已經出去玩了好幾天啦。

高明心想，能偶爾這樣安全的「離家出走」一下，真是不錯！

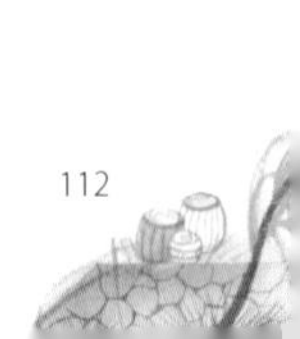

「準備吃晚飯了，」媽媽說：「對不起，今天晚上就吃飯糰吧，明天早上也是——」

欣欣說：「沒關係呀！我喜歡吃飯糰，媽媽做的飯糰最好吃了！」

高明後來才知道，媽媽那天做了好幾個飯糰，鼓足勇氣拿到附近的小餐廳，想問問能不能寄賣，結果問了兩家都遭到拒絕。媽媽沒有信心再去問第三家，垂頭喪氣的回來，正在心情低落的時候，自己就把考卷拿出來，才會「被颱風尾掃中」。

媽媽跟高明道歉了。媽媽就是這樣，雖然偶爾不太能控制住自己的脾氣，但事後還是會道歉。

當然，他希望媽媽以後最好還是能控制一下脾氣，這樣也不必老是事後再來道歉、拼命想要補救，讓彼此都好累。

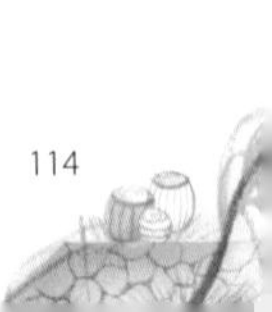

不過，他沒有多說什麼，只說了一句：「沒關係，我知道你心情不好。」

再說，得知媽媽努力想要賺錢，但並不順利，他還是滿心疼的。

附錄

趣說山海經

文／米家貝

外型特徵

外型像山羊，有九條尾巴、四隻耳朵，一對眼睛竟然長在背上！

神奇超能力

感到害怕時，只要披上猼訑的皮毛，就能獲得滿滿勇氣。

猼訑——
擁有牠就無所畏懼

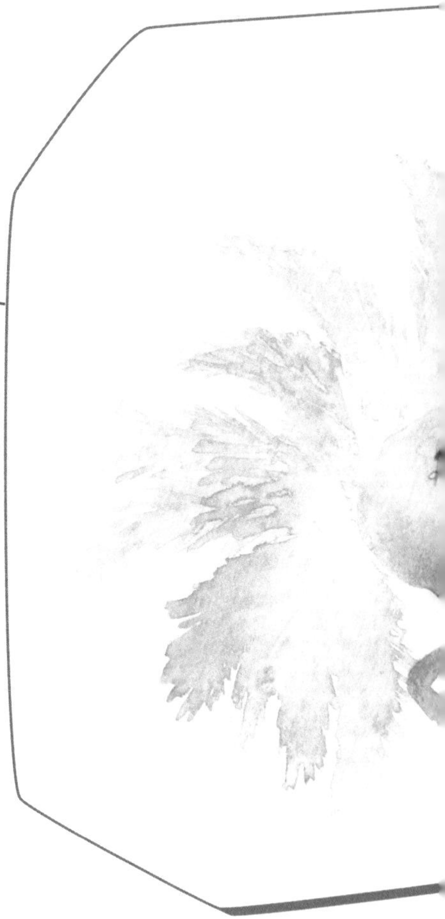

出沒地點

出自《山海經》〈南山經〉裡的基山，約位於今日中國廣東省境內。

基山南邊產玉石，北邊有各種奇花異草。

九尾狐的前世今生

上古時代，人們認為有九條尾巴的九尾狐，是多子多孫、祥瑞的象徵。

到了漢代，九尾狐與三足烏、蟾蜍、玉兔都是西王母的神獸護衛。

中國明代《封神演義》將九尾狐描述成有千年道行的狐狸精。九尾狐傳說甚至遠渡重洋流傳到日本，化為天皇寵妃「玉藻前」，跟「酒吞童子」和「大天狗」並稱日本三大妖怪。

出沒地點

《山海經》裡九尾狐一共有三筆記載，分別是出自〈南山經〉的青丘山、〈大荒東經〉、〈海外東經〉的青丘國。

青丘山約位於今日中國廣東省的靈池山。山的南面產玉石，北面產青雘（一種青色的礦物顏料）。

九尾狐——

魅力與危險兼具的美麗魔物

神奇超能力

吃了九尾狐的肉，就不會受到妖邪毒氣的侵害。

外型特徵

- 長得像狐狸，卻有九條尾巴。
- 會吃人，但吼叫聲聽起來像嬰兒在哭。

來欣賞古人的創作！

博物館裡的
九尾狐

博物館裡的
西王母

【神獸裝備箱】

恭喜閱讀完《神獸獵人2：小鎮上的大發現》，你是今天的幸運星，可以獲得一件「狮訑皮衣」！

想一想，什麼時候你會需要勇氣、想穿這件皮衣呢？如果你不需要皮衣，又是為什麼？寫下你的想法吧！

◆ 我在＿＿＿＿＿＿＿＿的時候，需要勇氣，會想穿上狮訑皮衣。因為＿＿＿＿＿＿＿＿

◆ 我覺得我不需要穿狮訑皮衣，因為＿＿＿＿＿＿＿＿

◆畫下你穿皮衣的帥氣模樣，或是你想像中獮訑的樣子：

國家圖書館出版品預行編目（CIP）資料

神獸獵人.2：小鎮上的大發現 / 管家琪文；
鄭潔文圖. -- 初版. -- 新北市：步步出版：
遠足文化事業股份有限公司發行, 2022.07
面； 公分
ISBN 978-626-96038-3-1（平裝）
863.596 111005941

神獸獵人2：小鎮上的大發現

作　　者｜管家琪
繪　　者｜鄭潔文

步步出版
執行長兼總編輯｜馮季眉
責任編輯｜陳奕安
編　　輯｜徐子茹
美術設計｜張簡至真

讀書共和國出版集團
社　　長｜郭重興
發行人暨出版總監｜曾大福
業務平臺總經理｜李雪麗　業務平臺副總經理｜李復民
實體通路協理｜林詩富　網路暨海外通路協理｜張鑫峰　特販通路協理｜陳綺瑩
印務協理｜江域平　印務主任｜李孟儒

出版｜步步出版
發行｜遠足文化事業股份有限公司
地址｜231 新北市新店區民權路108-2號9樓
電話｜(02)2218-1417　傳真｜(02)8667-1065
電子信箱｜service@bookrep.com.tw　網址｜www.bookrep.com.tw
法律顧問｜華洋法律事務所．蘇文生律師
印製｜中原造像股份有限公司

初版一刷｜ 2022 年 7 月　定價｜ 300 元
書號｜ 1BCI0029　ISBN ｜ 978-626-96038-3-1